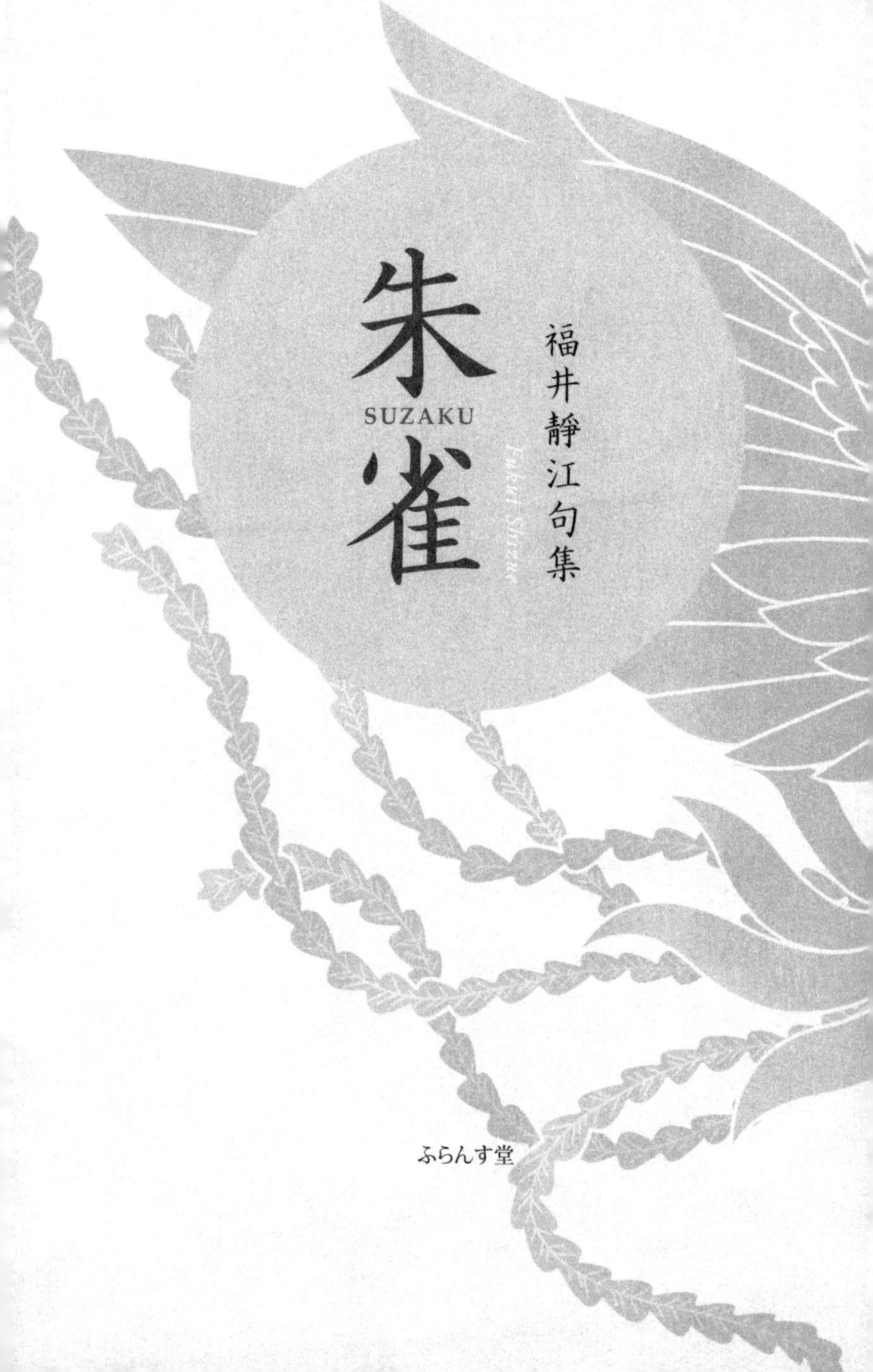

朱雀

SUZAKU

福井静江句集

Fukui Shizue

ふらんす堂

序

句集名を「朱雀」にしますと静江さんの声を電話口で聞いたとき、私の心は朱雀のように朱く羽ばたいた。明日香村に守られている有名なキトラ古墳の存在である。この古墳の内部の壁に描かれている四神のうちの一神が「朱雀」である。天の四方を守る神々の名、「青龍」「白虎」「玄武」に比べ、「朱雀」は最も愛らしく美しい。福井さんらしい詩情にみちている。

福井静江さんは奈良県天理市の生まれ育ちで、京都に嫁がれた。ごく最近知ったのだが、お父様のご実家は奈良県高市郡明日香村にあるという。

秋燕に開け放たるる朱雀門

天武天皇の御代の年号に「朱雀」が用いられたのは、すでに中国からの思想が入っており、政治の理想を「朱雀」という語のめでたさに求めておられたのであろう。掲出の句、南を守る神「朱雀」を意識しての上で、南へ帰る燕の安寧を祈りながら詠まれたものである。奈良の平城宮跡に小さく立つ作者。燕の無事を祈りながら、祈りは世界の永遠の平和へとつながる。現在のウクライナの惨状に心を痛めながら、われわれも共に祈りたい。

木簡に残る墨痕秋の声

遺跡発掘から見いだされる木簡。墨の跡から往時がよみがえってくる。「日本のあけぼの」という時代背景をおもわせる。作者の日常にも古都の歴史が入り込んでいる。言い換えれば日常生活そのものの中に、歴史が息づいている。

静江さんの義父にあたる福井洗石子《せんせきし》さんは、野澤節子先生の「蘭」の主要同人として活躍しておられ、きくちつねこ先生主宰の折に、句集『挿頭葵《かざしぐさ》』を出版なさった。静江さんはこのお舅さまに実によくお仕えなさったと伝え聞く。そのために介護の資格をお取りになったと聞いている。何事にも誠意をつくす人柄なのである。静江さんが「蘭」に入会なさったのはお義父さまの介護をすっかり済ませてからのことだった。「蘭」に入会してからは、新年祝賀会、鍛錬会、同人総会等々すべての会合に、遠く京都から出席して下さった。

　川風に命あづけて恋蛍
　初蝶のどこからとなく二羽となり

「朱雀」を見つめる目の優しさが句集全体に行き渡る。古都の風景や生活をしのばせる静江さんの作品に毎月どんなに胸をときめかせて拝見してきたことか。

待望の句集であるのに今回、十分な序文を書いてさしあげられなくて、本当に申し訳なく思う。

幾山野越え来て急かず春の川

句集『朱雀』の一句一句の抱える抒情の深さ。まさに野澤節子の唱える命の証となって多くの人々の心を和ませることと思う。一冊を読み終えたあとの穏やかで満ち足りた気分。靜江さんの人柄が伝わってくるようだ。私自身の心の糧として大切に温めていきたい。

令和四年春

松浦加古

朱雀／目次

句集 朱雀

寧々《ねゝ》の道

平成二十三年まで

京・梨木神社

染井より汲む若水の甘かりし

寒の水打ちてはじまる小商ひ

千代経たる御所《ごしょ》の産湯井笹子鳴く

春一番土竜脅しのさんざめく

春あけぼの藍一筋の海峡に
芽起こしの雨こまやかに嵐山

こふのとり水漬く春田へ赤き足

初蝶のどこからとなく二羽となり

京・下鴨神社

流し雛御手洗川《みたらしがは》のかがよひに
杉戸絵の片方開けてうららけし

踏青や大和路つなぐ墳と陵

離宮跡訪へば高円《たかまど》山花あしび

みどり児を抱きてそそぐ甘茶仏

花冷や筒火しらしら寧々《ねゝ》の道

軒先に在釜の旗や桜どき

清明の空よりこぼす鳶の笛

半眼の蛙息つめ身じろがず

飾られし一振りの太刀風五月

白毫の我にはまぶし若葉どき

樟若葉もくもく膨れ空分かつ

上賀茂神社・葵祭走馬の儀

駆馬の風芳しく夏は来ぬ

挽臼にみどり煙らす新茶かな

梅雨ぶすま伊吹の孤高かくしけり

川風に命あづけて恋蛍

男梅雨太きかひなに灸を据ゑ

都路を上がる下がるや燕の子

嵐峡に棹舟増えて梅雨明くる

大原を染むる風あり紫蘇畑

峰雲やいよいよ低き京盆地

葉柳や祇園に近き扇塚

奈良格子一ト間に余す大西日

夏山の翠黛を背に鵙尾光る

夏の雲二府三川を渡りゆく

大阪・今城塚古墳近く　二句

埴輪焼く地名は「土室《はむろ》」炎暑来ぬ

埴輪の目ぽつかり開きて夏深し

暑き夜を土の香立たせ通り雨

山に鳥川に風立つ貴船川床

鉾立てや雄蝶結びの縄目にて

まなじりの紅の凛々しき鉾の稚児

仕舞屋《しもたや》の奥に奥あり麻のれん

故郷の匂ひまとうて日焼の子

艾《もぐさ》屋《や》の墨の看板屋根に灼け

中山道

醒井《さめがゐ》宿《しゆく》八丁二間に清水湧く

一瀑をはるかに熊野つづらをり

堂裏のここが浄土と蟬果つる

五条坂盆の月上げ陶器市

ふるさとに小夜の目覚めや盆の月

大琵琶の一望千里秋に入る

田の神へ二百十日の榊かな

あかときに月を残して草雲雀

稲光闇より山湖現るる

比叡山口

麦とろの旗立てかけて八《や》瀬《せ》の茶屋

杜《と》氏《じ》長《をさ》へ酒米届く鵙日和

稲架かけて落日早き隠れ里

京・大覚寺

回廊の我が影蒼し嵯峨の月

初鴨に比叡の天のひらけたり

前に琵琶うしろに比良の花野かな

反り身して淡海が上の鰯雲

穂芒の風横ざまに山噺す
秋あかね宙にとどまり我を待つ

奈良・平城宮跡

手斧目《てうなめ》のささら爽けし大極殿

曼珠沙華この野路行かば石舞台

磐座へ日射し届かず龍の玉

七輪に潤目《うるめ》鰯炙るや一つ星

杉丸太磨く素手あり冬温む

京・鳴滝了徳寺

風なきに尉のたゆたふ大根焚

伊勢路晴れお蔭詣での十二月

指で押し海鼠の機嫌うかがひぬ

手箒を熊手に代へて濡れ落葉

悼・きくちつねこ先生

大白鳥九重の天へ翔び立てり

悼・東日本大震災

鎮魂の星あまた降り年詰まる

洛中に音色違へて除夜の鐘

飛火野の空

平成二十四年〜二十六年

大観の富士が我が家へ初暦

「蘭」新年祝賀会　初参加

寒晴れを上野の森にまぶしめり

子規庵の糸瓜は枯れてなほ棚に

底冷えの京睨みけり軒鍾《しょう》馗《き》

冬萌のみささぎ道を父祖の地へ

知恩院のどすんと音の雪解かな

追伸に「おきばりやす」と受験子へ

きさらぎのふくらむ水に豆洗ふ

柊挿す常は閉ざせる鉾の蔵

北野天満宮

菅公の紋を麩焼きに梅見茶屋

撫で牛に春陰募るとのぐもり

京・本法寺

涅槃図に絵師等伯も入り泣けり

輪《わ》違《ちがひ》の紋透きてより春燈

京　伏見・月桂冠吟行

利酒の咽《のみど》にのこる目借時

馬鈴薯を嬉々とし植うる帰郷かな

野良好きな我に応へて地虫出づ

風船の点となりゆく白日輪

巣箱掛けわたしの鳥を待つ心地

京・石峰寺

若冲の墓碑を離れず百千鳥

首根つこがぶりと子猫運ばるる

ふらここや比叡と愛宕二山蹴り

捩花の螺旋はるかに鳶の舞

皇后の初繭掻きとある暦

森青蛙泡の嵩だけ子の命

一頭の毛皮も展げ武具飾る

雲龍図へ半蔀《はじとみ》くぐる若葉風

北上《きたかみ》川に沿ふ森深し遠郭公

岩手県花巻・「蘭」鍛錬会

行く春や化石を偲ぶ草津行

悼・村越化石氏　群馬県草津・「蘭」鍛錬会　四句

くれなゐの躑躅明りに化石句碑

上州の山気にひらく朴の花

草津の湯愉しみながら髪洗ふ

貴船社のみくじ占ふ岩清水

青笹の濡れて涼しき麩饅頭

軸足を京に置く虹ひがしやま

杜涼し賀茂社へ長き古書の市

白南風や砂紋の深く掻かれをり

大和・石上神宮

神鶏の樹上に眠る夜涼かな

天瓜粉打つても蒼し蒙古斑

兄弟の日焼け野球部陸上部

奈良・平城宮跡

秋燕に開け放たるる朱雀門

木簡に残る墨痕秋の声

飛火野の空に紅引く秋あかね

腰高に寄り来る鹿よそつと撫づ

老鹿の一頭坐る野に秋意

光明皇后　大和・法華寺

皇后の施薬の跡や天高し

青みかん葉陰も青き御陵みち

京・梨木神社に歌碑

湯川先生和歌に託して萩を愛づ

京・金戒光明寺　二句

露けしや京の奥処に会津墓所

望郷の墓みな小さし菊真白

古戦場露おく石のまろからず

水澄むや峡に名代の志ば漬屋

方丈の廊に干さるる骨障子

身に入むや母愛用の数珠供養

葱苗のやうやうしやんと立ちて秋

遠つ世の条里を今に刈田道

新米の湯気の中から竈神

北山杉枝を打ち終へ冬近む

愛知県伊良湖岬・「蘭」総会　三句

行く雲の向かうは伊勢や神渡し

片つ端渥美の河豚に糶の札

とろ箱の水一枚に鮃の目

切藁へ音の先立つ初時雨

近江・義仲寺　三句

木曾塚に差す束の間の冬日かな

魚鼓《ぎょく》打たば空に添水の音がまた

俳聖かるた屏風に散らす庵かな

柊の香に歩を止むる晴夜かな

乳薬師へ参る小春の女坂

山茶花の白の定まる比丘尼御所

小春日や子どち親どち雀どち

苔冷えて京の底ひの法然院

京・法然院

文豪の墓碑にをりしも細雪

竹林の遠き山失す嵯峨時雨

注連綯へと斎田《いつきだ》の藁届けらる

一点の比叡の尖り初冠雪

ちちははの搗き手返し手餅の音

神のくに仏のくにと除夜詣

残る条坊

平成二十七年～二十八年

大和・三輪神社

注連飾る根方に白蛇棲むといふ

掃初のこぼれ松葉に白き羽

マンションへ建替へ知らす嫁が君

読初へ栞紐引く師の一書

鰤起し涙目となり能登の市

大阪府曾根崎・お初天神社

お初・徳兵衛偲ぶ社に紅椿

恋猫に曾根崎の夜は明る過ぎ

作付けやあらためて読む種袋

山焼の果てて大和に真の闇

探梅行しばし万葉人となり

大和・新薬師寺

神将の怒髪崩さず春疾風

大和・春日野の森を抜け春日大社へ

大社への余寒に長き禰宜の道

春野ゆくはるか畝傍をしるべとし
三山のむらさき立ちて芽吹き季

小高きはなべて御陵《みささぎ》東風わたる

飛鳥大仏春愁さそふ頬の疵

佐保姫と国見の丘や鳥も来よ
野に遊ぶ記紀の舞台の平らかに

蘇我亡び巨石は遠く陽炎へり

海獣葡萄鏡出でし墳丘草青む

草餅やはなしは神武神話へと

青き踏む南朝の皇子《みこ》偲びつつ

吉野杉箸を産す

花どきの風に箸干す吉野口

傘さすや身八つ口より桜冷え

祇園白川辺　吉井勇

京を恋ふ勇の歌碑に春の雨

京・大原野・勝持寺

雲上の静けさにあり花の寺

船入《ふないり》に花の散り込む高瀬舟

振売りの青菜に消ゆる春の雪

賀茂川は鳥の道なり雲に入る

大阪城

鉄砲狭間のぞけば園生うららけし

兵庫県・須磨浦

市松に海を織り上げ海苔の粗朶

須磨・一ノ谷古戦場

十六歳敦盛塚へ春日燦

タンカーの遅速は見えず鳥曇

あたたかや盲導犬と同じバス

春の夢源氏の君に須磨で遇ふ

この路地を通る楽しみ燕の巣

選ばれて放生を待つ金魚かな

狩衣に雨滲ませて賀茂まつり

岩手県平泉・「蘭」鍛錬会　二句

奥州の草に屈めば露涼し

下闇に鞘堂を漏る光あり

梅雨茸の野に置く月の白さかな

御園生の薔薇皇后の名を冠し

埼玉県飯能・「蘭」鍛錬会　三句

入間野のいづこも茅花流しかな

名栗の瀬蹴つても見せて鮎迅し

箸を逃げ蓴菜意地を通しけり

田を植ゑて今宵母郷に深眠り

三伏や迷はず飲めと陀《だ》羅《ら》尼《に》助《すけ》

塩で締む若狭の鯖をころころと

都路の炎暑とどかぬ貴船かな

骨切りの音が涼よぶ祭鱧

洛中の灼くる大地に鉾軋む

暮れぎはの真砂の熱し浜昼顔

十字架の空余りある今朝の秋

美しき言の葉唖へ小鳥来る

京・六道珍皇寺へ

月の出に白き六道参りかな

束の間の雨のもてなし秋の虹

雁や遥けき一機追ふやうに

黄落へ学僧の列まぎれゆく

蹴放しの高きを跨ぐ秋日かな

阿修羅像寄する眉根に添ふ秋思

萩明り戸口近くに伎芸天

大和・秋篠寺

天上の紺雫して秋なすび

蓑虫の糸ありて知る風の筋

秋冷の川風抜ける渉り石

北茨城五浦・「蘭」総会　三句

雁が音のにはかに近し勿来関

東漸寺・きくちつねこ先生墓所へ

黄落や丘の墓碑みな海に向き

天高し香尽きるまで師の墓前

条坊の残れる畑に葱太る

つねこ忌のちかづくほどに白鳥来

若い衆の漁《すなど》る手あり注連を綯ふ

刈初めは師走子《ね》の日や葭の郷

釧路湿原・鶴の飛来を見に

鶴来る湿原に月満つる頃

湿原の花として立つ鶴の陣

祇園路地

平成二十九年〜三十一年

めでたさや茶筒をぽんと大福茶

鏡餅いまも水湧く母郷の井

蹴り上ぐる声の佳きかな鞠始

京・下鴨神社

冬晴や魚河岸を守る獅子頭

東京築地・波除神社

歌舞伎座に手ぬぐひ買ふは雪女郎

ショールして買ふ歌舞伎座の幕の内

上野東照宮・ぼたん苑

寒牡丹上野に訪ふは先師の句

横浜市総持寺・野澤家墓所へ

室咲の供花その中に蘭の花

裸木をよるべに寄生《ほよ》の青々と

芽柳の水面崩して絹の雨

露地菜売り朝の春泥こぼしけり

三椏や暖簾の白き紙問屋

直角に折れる疏水や芹の花

お遍路の道行を守る猿田彦

鯉跳ねて池の温むを促せり

大和路を托鉢の鐘霞みゆく

東大寺裏はひねもす百千鳥

鹿の子の真白き斑もて生まれけり

木の芽煮る鞍馬口より醤《ひしほ》の香

木立みな幽けき葉擦れ夏兆す

京・賀茂神社・葵祭　三句

乗《のり》尻《じり》へ馬へ清めの菖蒲挿す

競べ馬一馬身差へ激の鞭

荒馬の息落ち着かず祭果つ

神官の廊しめやかに晒布足袋

藤棚の下ひんやりと身に透きて

庭の花摘みて母の日墓参り

実梅落つ忍び返しの塀を越え
相傘の片袖濡らす五月雨

打水に濡れて祇園の路地明り

夕顔の花にしたがふ月明り

新潟県妙高・「蘭」鍛錬会　三句

草原の馬柵打つ音に夏は来ぬ

山水のかくも冷たし越の初夏

軒借るや音して過ぐる蕗の雨

見えてゐてみづうみ遠し栗の花

鯖街道・熊川宿

鯖ずしや若狭へ四里の小商ひ

土用入くるりくるりと梅を干す

赤紫蘇の汁に手を染め取る電話

曝涼や正倉の扉の開かれて

夏休み子ら本堂に得度の座

鶏鳴の高し炎帝目覚めさす

足もとの我へ反り身の子蟷螂

よく冷えし鱧の湯引きに梅を練る

客の声主人の声も葭簀越し

一念の父祖につながる迎鐘

草市や妣へ蓮華の絵らふそく

帰り来よ苧殻の箸を濡らし置く

橋までに父の畑ある盆の路

朱の著き地獄絵展げ盆会かな

嵯峨の水尽きることなし新豆腐

落ちゐたる枝に青き実初嵐

夜学子を待つ母のゐて駅舎の灯

蚯蚓鳴く陵墓は謎にあふれゐて

奈良薬師寺・解体修理成る

覆《おほひ》屋《や》の取れし東塔天高し

文化の日音よみがへる五絃琵琶

京都御所・紫宸殿前

大礼近し左近の桜もみぢして

柳散る淡海の水照り葉に受けて

尼寺の門秋明菊へ開けてあり

品書きに銀杏御膳と附されあり

田の神の山へと帰る亥の子かな

紅葉散る石段だけの廃寺跡

初霜や朝の厨に茶粥の香

塀越しのさくら木高し返り花

伊豆下田・「蘭」総会　二句

富士遠し蛭ヶ小島は刈田中

麦とろろ一膳飯屋を探し当て

千葉県館山・「蘭」総会　三句

浦賀水道船尾を交はす霧の中

安房《あは》寒し浜辺に地震の隆起痕

あな小さし大海に浮く雪の富士

霜柱踏むな踏むなと土のこゑ

さめざめと泣くがに睦む余呉《よご》の鴨

京なれやメのぶぶ漬け千枚漬

佐保に摘む

令和元年～三年

裏白の末広がりに子の新居

木の精よ応へておくれ成木責

玉霰さも楽しげに露地を打つ

弘法市東寺もろとも雪しまく

瞼閉ぢ蠟梅の香を抜け出せず

支度まづ家拭き清め福は内

枝々を誘ひ合ふかに梅の咲く

下萌や再び山に路線バス

きさらぎの閏のひと日湖を見に

蛤の汁にてまり麩祝膳

片頬へ彩差し匂ふ桃の花

喧騒をしばし忘れて種選び

発掘へ暇《なはて》づたひの土筆かな

春泥を行く真つ新な耕耘機

両陛下大宮御所にお泊まり

双蝶の白そら高く禁裏へと

京都御苑・蛤御門

冴え返る御門に残る弾丸《たま》の痕

紅提灯都をどりの夜を点す

新島襄

襄と八重の墓所は小高し花静か

子には子の数珠を鞄に入学す

三輪山に神の吐息か春霞

百草に先立つ蓬佐《さ》保《ほ》に摘む

語尾ながしいつもの伊勢の浅蜊売り

お薬師の御胸にとどく花明り

節子忌へ月の満ちゆく春の宵

長安に倣ひし京都霾ぐもり

嵯峨野・清涼寺

御身拭ほとけの顔もほころびぬ

目の隅をかすめて燕「ただいま」と

嵐電の単線余花を潜りゆく

文鳥がこの家の主人《あるじ》愛鳥日

若葉風山の膨るる匂ひとも

みくまりの神迎へむと溝浚へ
溝浚ふ結ひの変はらぬ村に住み

近江野に篠突く雨や信長忌

花茨袖をとらへて手折らせず

宮城県松島・「蘭」鍛錬会　四句

矛杉の余す陽射しや苔の花

瑞巌寺

甲冑の端然と座す万緑裡

夜はことに騒めく卯波旅枕
さざなみの朝焼ほぐす出船かな

未央柳長き睫毛を雨に伏せ
彦星の牛車を洗ふなみだ雨

宇宙への旅の始まりハンモック

摂家跡軽梟の親子に水辺貸す

機《はた》音《おと》を暫しひそめて大夕立

京の井の水脈つながれり冷し瓜

落ち蟬の使ひきつたる翅光る
擦りむいた傷の数だけ夏休み

落日の山に吸はれし晩夏光

刈萱の穂の吹かれ立つ高野道

高野山・宿坊

身に入むや僧手づからの胡麻豆腐

夜更けては静かさ恋し火恋し

洛北に迫るたそがれ柚子明り
思慕と知る蓑虫蓑を織ることを

身の秋や吹寄せ柄の帯低く

旧友の変はらぬ仕草古酒愛す

風葬の地とや化野《あだしの》雁渡し

副葬にあまたの鏡螻蛄の鳴く

遠くより越天楽の音菊日和
さ牡鹿の声をも聞かず冬近し

鴨の来て水の嵩増す淡海かな

義仲寺のひがな香煙翁の忌

吐く息にかすむ明星冬の朝

片方の手袋どこで泣きゐるや

瀬戸内寂聴尼ご逝去

しぐれては竹すすり泣く嵯峨野かな

上賀茂に酢茎ののれん押してをり

天神の福梅買うて春支度

幾山野越え来て急かず春の川

あとがき

「蘭」同人で義父でもあった福井洗石子《せんせきし》の影響を受け俳句の世界に入りました。義父は「蘭」京都支部を率いておりましたので、自宅へは常に句友の方々の出入りがございました。導かれるように句会へ参加させていただいたのが平成十三年ごろでございます。

住まいは洛中のど真ん中で行事が多く、生家は平城宮跡や明日香にも近い。これらに囲まれた生活に悠久の時を感じました。

やがて手ほどきをいただきました義父が亡くなり、しばらく俳句から遠ざかっておりました。そんな折、松浦加古主宰（当時）からお誘いをいただき、以来二十年ご指導をいただき今に至っております。お蔭をもちまして句集『朱雀』の上梓にいたりました。

題名「朱雀」は四神の一つ。天の四方のうち「南」をつかさどる神獣とされており、墳墓（キトラ古墳）の壁面にその姿をみることができます。

奈良県明日香村は父祖の地。自らの縁の糸が見える気がいたし句集名といたしました。

常々ご指導をいただいております松浦加古名誉主宰からは心あたたまるご序文を賜り感謝申し上げます。高﨑公久主宰には青風集選において常々励ましをいただいております。

顧みて、名誉主宰、主宰そして「蘭」の皆さま方のお支えによりましたことに心より御礼申し上げます。

二〇二二年夏

福井靜江

著者略歴

福井静江（ふくい・しずえ）

1953年（昭和28年）　奈良県天理市生まれ
2001年（平成13年）　「蘭」入会
2013年（平成25年）　蘭賞受賞
　　　　　　　　　　「蘭」同人
2015年（平成27年）　俳人協会会員
2016年（平成28年）　鳳蝶賞受賞

現住所　〒604－0823
京都市中京区押小路通り高倉東入る竹屋町147番地

句集　朱雀　すざく

二〇二三年一月一日　初版発行

著　者――福井静江

発行人――山岡喜美子

発行所――ふらんす堂

〒182-0002 東京都調布市仙川町一―一五―三八―二F

電　話――〇三（三三二六）九〇六一　FAX〇三（三三二六）六九一九

ホームページ http://furansudo.com/　E-mail info@furansudo.com

振　替――〇〇一七〇―一―一八四一七三

装　幀――君嶋真理子

印刷所――明誠企画㈱

製本所――㈱松岳社

定　価――本体二七〇〇円＋税

ISBN978-4-7814-1506-2 C0092 ¥2700E

乱丁・落丁本はお取替えいたします。